गोपी की डायरी-2

गोपी की डायरी–2

जब गोपी को मिला प्यार

सुधा मूर्ति

प्रभात
प्रकाशन

प्रकाशक • **प्रभात प्रकाशन प्रा. लि.**
4/19 आसफ अली रोड,
नई दिल्ली–110002

संस्करण • 2024
मूल्य • चार सौ रुपए
अनुवाद • प्रतिभा ज्योति
चित्रांकन • संध्या प्रभात
मुद्रक • आर–टेक ऑफसेट प्रिंटर्स, दिल्ली

GOPI KI DIARY-2 *stories* by Smt. Sudha Murty ₹ 400.00
(Hindi translation of 'THE GOPI DIARIES: Finding Love')
First Published in Hindi by Prabhat Prakashan Private Limited
4/19 Asaf Ali Road, New Delhi-2
by arrangement with HarperCollins Publishers India Private Limited
e-mail: prabhatbooks@gmail.com ISBN 978-93-95386-16-6

मूर्ति को
इस जीवन की परिवर्तन यात्रा पर

आभार

इस पुस्तक की निरंतर यात्रा और गोपी के कारनामों की मस्ती, उसके काम, उसकी नादानियों और इन सबसे मिलनेवाले आनंद के लिए, मेरी प्रिय संपादिका श्रुतकीर्ति खुराना का हृदयतल से धन्यवाद।

मेरी सोच को जीवंत करने के लिए चित्रकार संध्या प्रभात को साधुवाद।

हमेशा की तरह ही प्रोत्साहन और समर्थन के लिए हार्पर कॉलिन्स के उदयन मित्रा और टीना नारंग का आभार।

अनुक्रम

मुझे जन्मदिन मुबारक

आज मैं अचानक जाग गया। 'आज सुबह मेरे आसपास ये कैसी अजीब आवाजें हैं?' मैंने सोचा। मैं शिकायत करने के लिए सीधे अज्जी के कमरे में गया।

मैं उन्हें बताना चाहता था कि मैं ठीक से नहीं सो पाया था; लेकिन मुझे तब निराशा हुई, जब देखा कि अज्जी वहाँ नहीं थीं। मैं उनके बिस्तर पर बैठ गया। अभी भी नींद आ रही थी।

अचानक, मुझे पास में कुछ बड़ा दिखाई दिया। मैंने उस आकृति की ओर देखा। काली आँखें, काली नाक, सुनहरी फर और एक खूबसूरत मुसकान के साथ वह बहुत सुंदर लग रहा था। मुझे वह साथी तुरंत पसंद आ गया। लेकिन मैं अज्जी से बहुत परेशान था। आखिर वे किसी अजनबी को हमारे घर कैसे ले आए? वह तो कहती हैं कि वह मुझसे बहुत प्यार करती हैं। फिर उन्हें किसी और की आवश्यकता क्यों है?

मैं उस पर हमला करने के लिए खड़ा हो गया।

वह भी खड़ा हो गया।

'अ-हा! यह बराबरी की लड़ाई होगी।' मैंने सोचा। मैं उस पर कूद पड़ा, लेकिन किसी अजनबी से टकराने के बजाय मैंने अपना सिर किसी बहुत चिकनी और सख्त चीज पर मार दिया था।

धीरे से कराहते हुए जैसे ही मैं जमीन पर बैठ गया, अज्जी कमरे में आ गईं और मुझे दर्द में देखा। सेकंड के भीतर ही उन्होंने अनुमान लगा लिया कि क्या हुआ था।

"गोपी! हे गोपी! जन्मदिन मुबारक हो, गोपू। आज तुम्हारा जन्मदिन है और तुमने अपने आप को आईने पर मार लिया!" उन्होंने अपनी हथेली मेरे सिर पर वहाँ दबाना शुरू कर दिया, जहाँ दर्द हो रहा था।

"ओह, मेरे बच्चे! क्या तुमने सोचा कि कमरे में एक और कुत्ता आ गया था? तुम अपने आप को देख रहे थे, अपना ही प्रतिबिंब!"

'तो ये बात है!' मैंने खुशी से सोचा।

यह सोचकर बहुत राहत मिली कि मैं अज्जी का इकलौता कुत्ता था।

मैं आईने नाम की किसी चीज को देख रहा था और वह सुंदर साथी कोई और नहीं, बल्कि मैं था!

अज्जी ने मेरी पीठ थपथपाई और कहा, "गोपी, मैंने कल यह बड़ा सा दर्पण खरीदा था। चलो, लिविंग रूम में चलते हैं। चिंता मत करो, तुम ठीक हो जाओगे और दर्द जल्द ही गायब हो जाएगा।"

मैंने अपनी पूँछ नीचे लटकाए हुए अज्जी का पीछा किया।

लेकिन, जब मैं लिविंग रूम में आया तो थोड़ी देर पहले की अपनी मूर्खता को तुरंत भूल गया।

"हैप्पी बर्थडे, गोपी!" ताची अज्जी ने जैसे ही मुझे अंदर जाते देखा, खुशी से कहा।

"तुम एक साल पहले इस दुनिया में आए थे। जब हम तुम्हें घर लाए थे, तब तुम 5 किलो के थे। अब तुम 40 किलो के हो और अपने चचेरे भाई कृष्ण और अनुष्का से अधिक वजन है तुम्हारा।" एक साथ कहा!

एक छोटी सी दस्तक हुई और अप्पा अंदर आ गए। हमेशा की तरह उन्होंने मुझे कसकर गले लगाया और मेरे कोट को सूँघा, फिर मुझे शुभकामनाएँ देते हुए कहा, "गोप्स, मुझे विश्वास नहीं हो रहा है कि तुमसे

1
HAPPY BIRTHDAY GOPI

मिले एक साल बीत चुका है। तुम मेरे लिए बहुत खुशियाँ लाए हो। धन्यवाद!"

मैंने शायद ही सुना हो कि अप्पा क्या कह रहे थे। मैं उनकी शर्ट की जेब में डॉग ट्रीट को सूँघ सकता था। 'अब यह बहुत अधिक मजेदार होगा।' मैंने सोचा और उनकी जेब को चाटने लगा। अप्पा ने बिना किसी हिचकिचाहट के मेरी ट्रीट मुझे निकालकर दे दी, "आज तुम्हारा दिन है, गोपी। हम तुम्हें सारा दिन तुम्हारी पसंद का खाना देंगे!"

अप्पा सही थे। पनीर, उबले अंडे, ट्रीट, च्यू-स्टिक, बिस्किट सुबह से लेकर दोपहर तक मेरे सामने रखे हुए थे। मैंने अपनी दावत का मजा उठाया। अंत में, जब मैं वास्तव में और कुछ नहीं खा सका तो मैं

अपनी पीठ के बल सोफे पर लेट गया और अपने पंजे हवा में रख दिए। अब मुझे समझ में आया कि जन्मदिन क्यों और कैसे मनाया जाता है।

यह अब तक का सबसे अच्छा दिन था!

अज्जा ने मुझे ऐसे देखा और कहा, "शायद इसका पेट दर्द कर रहा है। इसने शायद बहुत ज्यादा खा लिया है।" वह चिंतित लग रहे थे।

मैं मुसकराया, "अज्जा, तुम गलत हो। जब मैं अपना पेट दिखाता हूँ और अपने पैर हवा में रखता हूँ तो इसका मतलब है कि मैं बहुत खुश हूँ। आप हमेशा दूर खड़े रहते हैं और मुझे उत्सुकता से देखते हैं। सोचते हैं कि मैं आगे क्या करूँगा। तुम मुझे कब समझोगे?"

अज्जी और ताची अज्जी हँस पड़े। मुझे पता है कि उन्होंने मुझे सुन लिया था।

शाम को एक खूबसूरत युवती हमारे घर आई। उसके हाथ में एक रंगीन बक्सा था। वह मेरे करीब आई और बोली, "हैप्पी बर्थडे, गोपू! मैंने तुम्हारे बारे में बहुत कुछ सुना है। मैं इंतजार नहीं कर सकी।" उसने मुझे एक बड़ा सा आलिंगन दिया।

"तुम बहुत सुंदर हो—एक राजसी शेर की तरह।" उसने कहा।

"ऐसा लगता है कि तुम कुत्तों के राजा हो। मैंने तुम्हारे जैसा कोई नहीं देखा।"

'बोरोआरवॉ!' मैं भौंकने लगा और दिखाने के लिए शेर की तरह आवाज करने की कोशिश कर रहा था, लेकिन मुझे हैरान करते हुए उसने कहा, "मुझे पता है कि जब तुम भौंकते हो तो तुम शेर नहीं हो। मूर्ख, अब आओ।"

"अब मैं तुम्हारे लिए खासतौर पर बनाई गई आइसक्रीम लेकर आई हूँ। तुम्हें यह पसंद आएगा! यह स्वादिष्ट है!"

उसने मेरे सामने एक प्लेट में कोई सफेद चीज रखी। मैंने एक छोटा टुकड़ा काट लिया, "ओह! यह बहुत ठंडा था, फिर भी बहुत स्वादिष्ट था।" मैंने कुछ ही सेकंड में प्लेट को साफ करके चाटा

और उसकी तरफ देखने लगा।

"क्या आपके पास और है?" मैंने उम्मीद से पूछा।

ऐसा लगा, मानो उसे मुझसे यही पूछने की अपेक्षा थी। उसने दूसरा डिब्बा खोला। इस बार उसने प्लेट में जो रखा, वह भूरा था

रंग में और स्वाद में अलग। मैंने उसे जल्दी से खा लिया। मैं यह भी नहीं बता सकता कि यह कितना अद्‌भुत था!

अज्जी ने कहा, "अपर्णा, गोपी को यह दावत देने के लिए

तुम्हारा बहुत-बहुत धन्यवाद। तुम्हें कैसे पता चला कि उसे आइसक्रीम पसंद आएगी?"

"चाची, जब मैं छोटी थी तो मेरे घर में एक कुत्ता था। इसलिए मुझे पता है कि कुत्तों को क्या पसंद है।"

अज्जी मुसकराईं।

अज्जी और ताची अज्जी बहुत प्यारे और अच्छे हैं, लेकिन वे पुराने जमाने के हैं और अपनी पसंद की चीजें लेने के लिए खरीदारी के लिए बाहर नहीं जाते हैं।

लेकिन इस लड़की को देखो, यह मुझसे बिना मिले भी जानती है कि मुझे क्या चाहिए!

मैं उसके पास गया और उसे 'धन्यवाद' कहने के लिए उसका हाथ चाटने लगा।

जीवन एक सपना

“गोपी, गोपी··· !” अज्जी मुझे पुकार रही हैं। मेरी शाम की सैर का समय हो गया है। जैसा कि हम निकले, मुझे कुछ दिलचस्प दिखा और इसका पता लगाने के

लिए रुक गया, लेकिन अज्जी चलते रहना चाहती थीं। जब मैं छोटा था तो उनकी बात सुनता था। अब मैं बड़ा हो गया हूँ और अपना रास्ता खुद बनाना चाहता हूँ। अज्जी मुझे खींचती हैं, मुझे फिर से कहती हैं, "चलो, चलते हैं।" कई बार मैं परेशान हो जाता हूँ और उन्हें विपरीत दिशा में खींच लेता हूँ।

इन दिनों मैं अज्जी को जहाँ चाहूँ, खींच सकता हूँ। मैं उनसे बहुत ज्यादा मजबूत और बड़ा हूँ। मैं ज्यादा आत्मविश्वासी भी हो गया हूँ। हालाँकि, जब भी वह और मैं अकेले बाहर जाते हैं तो अज्जी चिंतित हो जाती हैं। जब हम एक साथ चलते हैं तो मैं जिन चीजों की जाँच करना चाहता हूँ, उनमें से कई में अज्जी की दिलचस्पी नहीं होती है। इसलिए मैं उन्हें खींचता हूँ और जो करना चाहता हूँ, वह करता हूँ।

एक दिन, मैंने एक खूबसूरत लड़की को अपने मालिक के साथ सड़क के दूसरी तरफ चलते हुए देखा। उसकी लंबी सुनहरी फर और बड़ी काली आँखें थीं। मैं उसकी सुंदरता पर मुग्ध हो गया और उसे घूरना बंद कर दिया।

हालाँकि, उसने मेरी ओर देखा तक नहीं। सड़क पर एक और लड़का चल रहा था और ऐसा लग रहा था, वह उसे प्रशंसा भरी नजरों से देख रही थी। '

वह उसे क्यों देख रही है?' मैंने उदास होकर सोचा।

'वह मेरे जितना सुंदर भी नहीं है।'

इसलिए मैंने उसकी ओर दौड़ने के लिए पट्टा खींचा।

अज्जी अचानक खींच को सँभाल नहीं सकीं और पट्टा छोड़ दिया। मैं जल्दी से सड़क के दूसरी ओर चला गया। मैं लड़की के पास गया और कहा, "नमस्ते, सुंदर लड़की!" लेकिन लड़की ने अपना सिर उछाला और चली गई। यह बहुत असभ्य लगा!

मैं अज्जी की तरफ वापस जाने के लिए मुड़ा। चेहरे पर चिंता के भाव लिये वह सड़क के दूसरी ओर खड़ी थीं। उनकी आँखें आँसुओं से भर गईं। अज्जी ने कहा, "हे गोपी! अगर तुम बिना सोचे-समझे ऐसे ही दौड़ोगे और कोई कार सड़क पर आ जाती तो वह तुम्हें टक्कर मार देती, तब मैं क्या करूँगी? तुम सच में इन दिनों मेरी बात नहीं सुन रहे हो।"

मैं खुद को दोषी महसूस कर रहा था; लेकिन मुझे नहीं पता था कि क्या कहूँ।

अज्जी धीरे से मेरी ओर आईं और मेरा पट्टा उठा लिया। वह मुझसे बहुत प्यार करती हैं! मैं चुपचाप उनके पास चला गया और हम घर पहुँचे, तब तक मैं घटना के बारे में भूल गया था; लेकिन अज्जी नहीं भूली थीं। उस शाम जब सभी लोग चाय के लिए बैठे, उन्होंने उस दिन की सैर का बहुत

विस्तार से वर्णन किया। मेरी राय में, उन्होंने इसे पहले से कहीं ज्यादा खराब बना दिया था।

अज्जा ने सुझाव दिया, "गोपी अब बहुत बड़ा हो गया है और तुम उसे वैसे नहीं ले जा पाओगे, जैसे पहले ले जाया करते थे, जब वह छोटा था और सड़क पर दौड़ने की कोशिश करता था। करियप्पा और शिवाजी

उन्हें सैर पर ले जा सकते हैं और जब भी उनके पास कुछ खाली समय हो, वह उसकी देखभाल करने में तुम्हारी मदद कर सकते हैं।"

इस तरह करियप्पा, शिवाजी और मैं घनिष्ठ मित्र बन गए। मैंने उनके साथ अधिक समय बिताना, उनके साथ खेलना, उनका मनोरंजन करना और घर के बाहर किसी के होने पर उन्हें चेतावनी देना शुरू कर दिया। वे मुझे प्यार करते थे और मैं भी उन्हें प्यार करता था।

हर सुबह शिवाजी मेरा चेहरा धोता। मैं उसे बताने की कोशिश करता हूँ, "मुझे अपना चेहरा धोने की जरूरत नहीं है, शिवाजी। हम इनसान नहीं हैं। मैं अपने आप को चाट और साफ कर सकता हूँ।" लेकिन वह नहीं सुनता। कभी-कभी मैं हार मान लेता हूँ और वह जैसा

चाहे वैसा उसे करने देता हूँ। वह एक खास ब्रश से मेरे दाँत साफ करते हैं। मुझे यह पसंद नहीं है, लेकिन मुझे टूथपेस्ट का स्वाद पसंद है। इसलिए मैं उन्हें अपने दाँत ब्रश से साफ करने देता हूँ और टूथपेस्ट चाट जाता हूँ। वे इसे मेरा सजना–सँवरना कहते हैं, जो यहीं समाप्त नहीं होता। फिर शिवाजी मेरी आँखें साफ करते हैं और मेरे कोट में कंघी करते हैं। किसी–किसी दिन तो मैं नहा भी लेता हूँ। मुझे नहाना पसंद है। अगर सर्दी है तो मेरे नहाने का पानी गरम होता है।

अगर गरमी है तो पानी ठंडा और ताजा मिलता है। शिवाजी मुझ पर पाइप से पानी डालते हैं और मैं उनके साथ खेलता हूँ और पानी के जेट को पकड़ने की कोशिश करता हूँ। मैं कितनी भी कोशिश कर लूँ, मैं पानी नहीं पकड़ पाता हूँ और जल्द ही मैं पूरी तरह से भीग जाता हूँ। हर बार ऐसा होने पर शिवाजी जोर-जोर से हँसते हैं।

अज्जी और ताची अज्जी भी इसमें शामिल हो जाते हैं और मेरे शरीर के सभी हिस्सों पर शैंपू रगड़ती हैं। कभी-कभी ताची अज्जी मुझे प्यार से नहलाती हैं। वह पानी के पाइप का उपयोग नहीं करतीं—इसके बजाय वह एक बालटी और एक मग का इस्तेमाल करती हैं। आखिर में कोई मेरा फर सुखता है और फिर सब मुझसे कहते हैं कि मुझसे बहुत अच्छी महक आती है।

करियप्पा कभी–कभी हेयर ड्रायर नाम की किसी चीज का भी इस्तेमाल करते हैं, जिससे मुझ पर गरम हवा पड़ती है। इससे मेरे फर हवा में उड़ने लगते हैं।

इससे बहुत आराम मिलता है। मुझे बहुत अच्छा लगता है और नींद आने लगती है।

एक दिन, मेरे फर को ब्रश करते समय शिवाजी और करियप्पा को मेरे कोट में एक छोटा सा कीड़ा मिला। वे ऐसे चिल्लाने लगे, जैसे सचमुच कुछ बुरा हो गया हो। हे भगवान्! यह एक टिक है!" शिवाजी चिल्लाए।

मैने सोचा, 'आह, मैं इसलिए इन दिनों खुजली महसूस कर रहा हूँ।' जब भी मुझे खुजली महसूस होती, मैं अपने पिछले पैरों से उस जगह को खरोंच लिया करता।

अप्पा ने चिल्लाना सुन लिया और जासूस की तरह सवाल पूछने लगे, "कहाँ? गोपी को यह कैसे हो गया? गोपी इतना साफ रहता है, उसे टिक क्यों हुआ?"

"जब वह घर से बाहर टहलने जाता है तो ऐसे कीड़े उस पर लग सकते हैं। इस तरह उसे यह मिल गया होगा।" अज्जा ने उत्तर दिया।

वह पास की कुरसी पर बैठे अपना मोबाइल देख रहे

थे। वह अपने फोन पर जानकारी खोज रहे होंगे।

इस बात ने मुझे बहुत ज्यादा परेशान नहीं किया और मुझे समझ नहीं आया कि इसमें बड़ी बात क्या है। परंतु अप्पा, अज्जा, शिवाजी और करियप्पा के बीच एक गंभीर चर्चा शुरू हो गई, मानो जैसे हम एक आपात स्थिति का सामना कर रहे थे। जैसे कि हर कोई इन दिनों हमेशा बात कर रहा था—कोरोना। इसे क्या कहते हैं—कोरोनाबेट्रस?

'कोरोना वायरस। हाँ!'

कुछ मिनट बाद अज्जी भी उसमें

शामिल हो गईं और बुद्धिमानी से कहा, "चलो, डॉक्टर को मैसेज करें और उनसे पूछें।"

अप्पा ने जल्दी से अपने फोन पर कुछ किया। मैं हँसा। अज्जी हमेशा जल्दी से एक्शन में आना पसंद करती हैं। लेकिन दूसरी तरफ मैं हमेशा इधर-उधर घूमना और कुछ नहीं करना पसंद करता हूँ।

अप्पा ने अपने फोन से ऊपर देखा और कहा, "डॉक्टर ने एक विशेष शैंपू की सलाह दी है, एक टिक शैंपू। हमें इसका इस्तेमाल जल्दी ही गोपी को स्नान कराने के लिए करना चाहिए। मैं आज ही इसे ले आऊँगा।"

बैठक मिनट भर में भंग कर दी गई थी और निश्चित रूप से मैं एक दिन के भीतर टिक-फ्री था!

मैं शिवाजी और करियप्पा के साथ काफी समय बिताता हूँ। शिवाजी मुझे सुबह और शाम टहलाने ले जाते हैं। वह हाथ में डंडा लिये रहते हैं। मैं इतना खूबसूरत हूँ कि हमारी शाम की सैर पर कई लड़कियाँ मुझे बुलाती हैं। "हैलो, गुड लुकिंग!" कुछ मेरा अभिवादन करते हैं। दूसरे आपस में फुसफुसाते हैं, 'कितना सुंदर साथी!' मुझे उनसे दोस्ती करना अच्छा लगता, लेकिन शिवाजी ने अपनी छड़ी से उन्हें दूर भगा दिया।

टहलने के बाद मैं घर आता हूँ और फर्श पर गिर जाता हूँ। मुझे अकेले रहना और कुछ समय आराम करना पसंद है।

अज्जी हमेशा इतनी व्यस्त और सक्रिय रहती हैं, वह चाहती हैं कि मैं भी व्यस्त और सक्रिय रहूँ। इसलिए उन्होंने मेरे लिए एक शिक्षक रखा है। विनय सर एक दयालु आदमी हैं, लेकिन जब मैं उनकी बात नहीं सुनता तो वह बहुत कठोर हो सकते हैं। वह जानते हैं कि मुझे कैसे सुनना है। वह अपनी आवाज तेज करते हैं और मुझे गंदी नजर से देखते हुए कहते हैं।

"गोपी, अब मेरी बात सुनो।" वे जब इस तरह के लहजे में बोलते हैं तो मैं बेहतर ढंग से जानता हूँ कि इसे कैसे खराब करना है।

विनय सर ने मुझे बहुत कुछ सिखाया है। मैं बैठ सकता हूँ, मैं खड़ा हो सकता हूँ, मैं लुढ़क सकता हूँ। मैं हाई फाइव भी दे सकता हूँ! और अगर वह मुझसे

चीजें गिराने और लाने के लिए कहते हैं तो मैं वह भी कर सकता हूँ। उन्होंने मुझे लुका-छिपी खेलना भी सिखाया है। हर बार मैं कुछ अच्छा करता हूँ या एक गतिविधि पूरी करता हूँ। वे कहते हैं, "गोपी, यहाँ आओ!" और मुझे एक ट्रीट देते हैं। इसलिए मैं उनकी सुनता हूँ। किसी दिन वह मुझे तीसरी सैर के लिए ले जाते हैं और किसी भी कुत्ते या इनसान से तेज दौड़ते हैं, जिसे मैं जानता हूँ। मैं उनके पीछे दौड़ने की कोशिश में दौड़ता हूँ। जब हम वापस लौटते हैं तो मुझे अधिक थकान महसूस होती है, मानो कि मैंने पूरे दिन बगीचे में तितलियों का पीछा किया हो।

एक दिन विनय सर ने अज्जी से कहा, "मैंने गोपी को सभी बुनियादी हुक्म को मानना सिखा दिया है और उसने उन्हें बहुत अच्छी तरह से सीखा है।

आपको अब मेरी आवश्यकता नहीं है, जब तक आप नहीं चाहतीं कि मैं उसे और अधिक जटिल तरकीबें सिखाऊँ, जैसे कि दो पैरों पर खड़ा होना!"

अज्जी ने मुझे गले लगाया और कहा, "नहीं, आप पहले ही गोपी को बहुत कुछ सिखा चुके हैं। यह मेरे बच्चे के लिए काफी है। लेकिन वह आपके साथ रहना पसंद करता है, इसलिए कृपया आना जारी रखें!"

विनय सर ने कहा, "नहीं, मेरे छात्र ने डिग्री हासिल कर ली है और मेरी ड्यूटी पूरी हो गई है।"

फिर उन्होंने मेरी तरफ देखा और मुसकराए, "बधाई हो, गोपी! यह तुम्हारा स्नातक दिवस है!" मैं उनके करीब गया और उनके चेहरे की ओर देखा। मुझे धीरे

से थपथपाते हुए उन्होंने मुझे एक और दावत दी।

अगली सुबह मैं अपनी नाक में गुदगुदी महसूस कर उठा और फिर मुझे बिना रुके छींक आने लगी। एक-दो-तीन-दस-पंद्रह—ताची अज्जी ने करियप्पा से कहा, "यह सामान्य नहीं है। गोपी की नाक की जाँच करो। अगर यह सूखा है तो उसे बुखार हो सकता है।"

करियप्पा ने जवाब दिया, "यह मुझे सूखा लग रहा है।"

शिवाजी इससे असहमत थे। उन्होंने मेरी नाक को एक बार छुआ, दोबारा छुआ, फिर कई बार छुआ। उन्होंने कहा, "नहीं, इसकी नाक सूखी नहीं है।"

"इससे पहले कि मैं कुछ समझ पाता, दोनों इस बात पर बहस करने लगे थे कि कौन सही है।

"बच्चों की तरह लड़ना बंद करो।" ताची अज्जी ने कहा और ठंडी साँस भरी। "चलो, थर्मामीटर लेते हैं और जाँचते हैं। इससे तुम्हारी मूर्खतापूर्ण लड़ाई समाप्त हो जाएगी।"

अचानक मुझे लगा कि मेरी पूँछ के नीचे मुझे कुछ चुभ रहा है, ठीक उसी जगह, जहाँ से मैं शौच करता हूँ। मैं नाराज और परेशान हो गया था। कोई मेरे प्राइवेट पार्ट को कैसे छू सकता है?

मेरी सबसे करीबी अज्जी ही ऐसा कर सकती हैं; लेकिन वो मेरे सामने खड़ी थीं।

फिर मेरे साथ ऐसा कौन कर रहा था?

मैंने पीछे मुड़कर देखा तो करियप्पा को मेरी पूँछ के पास खड़ा देखा, "आपकी हिम्मत कैसे हुई?" मैं उन पर चिल्लाया।

अज्जी ने मेरे सिर पर हाथ रखा और कहा, "गोपी, परेशान मत हो। हम तुम्हारा तापमान जाँचने की कोशिश कर रहे हैं।"

"लेकिन, जब आप बीमार होती हैं तो काँच की उस चीज को अपने मुँह में डाल लेती हैं। मैंने आपको ऐसा

करते देखा है तो फिर आपने मेरे मुँह में भी वह चीज क्यों नहीं डाली?"

अज्जी मेरा सवाल समझ गईं। उन्होंने जवाब दिया, "हम तुम्हारे मुँह में थर्मामीटर नहीं डाल सकते, गोपी, क्योंकि तुम···।"

"तुरंत उसे काटोगे और वह टूट जाएगा। यही एकमात्र तरीका है, जिससे हम तुम्हारा तापमान ले सकते हैं।"

"नहीं।" मैंने तर्क दिया।

"मैं नहीं काटूँगा···"

और फिर, थर्मामीटर को हटाते ही मुझे थोड़ा खिंचाव महसूस हुआ।

ताची अज्जी ने उसे देखा और कहा, "उसका तापमान सामान्य है। चिंता करने की कोई जरूरत नहीं है।"

आखिर इस सब के लिए ताची अज्जी दोषी थीं! उनकी वजह से ही मेरा तापमान चेक किया गया था। मैं उनकी तरफ खराब तरीके से देखना चाहता था; लेकिन जब मैंने उनके चेहरे पर चिंता के भाव देखे तो मैंने अपना विचार बदल दिया। 'मैं इस बार आपको माफ कर दूँगा।' मैंने अपने आप में सोचा।

उस शाम अपर्णा फिर घर आई।

मैं उसे पसंद करता हूँ। वह जब भी मुझसे मिलती है तो मेरे लिए एक उपहार लाती है। इस बार वह मेरी पसंदीदा चीज चबाने के लिए ले आई—च्यू-स्टिक्स।

उसने कहा, "गोपी, तुम्हें लंच या डिनर के बाद इन्हें खाना चाहिए। ये तुम्हारे दाँत साफ रखेंगे।"

मैंने तुरंत उसके हाथ से एक लिया और उसे काटने की कोशिश की। वह सख्त था। ऊपरी परत अच्छी थी, लेकिन अंदर वाला मेरे लिए चबाना मुश्किल था, फिर भी मैंने उस काम को अच्छे से किया।

मैं उसे देखकर मुसकराया और

उसे अपने दाँत दिखाए। वे सुंदर व मजबूत और सफेद थे।

अपर्णा भी मुझे देखकर मुसकराई।

अप्पा ने कहा, "शायद हमारा प्यारा गोपी अब च्यूस्टिक के इस ब्रांड के लिए मॉडलिंग कर सकता है और टी.वी. विज्ञापन में अपने सुंदर सफेद दाँत दिखा सकता है।" यह सुनकर जब मैं थोड़ा उलझन में पड़ गया तो अप्पा ने समझाया कि "एक मॉडल होने का मतलब एक तसवीर में च्यू-स्टीक को चबाना है।" मैंने सिर हिलाया।

उस रात मैंने बहुत सारे कुत्तों और इनसानों के सामने चलने का सपना देखा। मेरा शरीर अगल-बगल से घूम रहा था और मेरी पूँछ मेरी पीठ पर सीधी खड़ी थी। मेरे मुँह में एक च्यू-स्टिक था। मैंने देखा कि मेरा परिवार मेरे लिए तालियाँ बजा रहा है। मैंने अज्जी को तसवीरें लेते भी देखा। काश, यह सच होता!

ऑफिस में एक दिन

अज्जी रोज सुबह ऑफिस जाती हैं। घर से निकलने से पहले वह अपने चारों ओर कुछ ऐसा लपेटती हैं, जो बहुत लंबा होता और जिसमें कई अलग-अलग रंग

होते हैं। वह इतनी तेजी से इसे करती हैं, मैं उस पर बैठने की कोशिश करता हूँ, पर बैठ नहीं पाता।

"गोपू, मुझे पता है कि तुम क्या करने की कोशिश कर रहे हो!"

"तुम मेरी साड़ी पर बैठना चाहते हो, ताकि मैं काम पर न जा सकूँ।" अज्जी कहती हैं।

फिर वह अपने बालों में सुगंधित फूल लगाती हैं। कभी-कभी मैं उनके साथ बगीचे में फूल तोड़ने जाता हूँ। उनके जाने के बाद मैं उन्हें पूरे दिन याद करता हूँ और उनके लौटने का इंतजार करता हूँ।

एक दिन, जब अज्जी ऑफिस जाने के लिए तैयार हो रही थीं, मैंने अपने दाँतों के बीच वह लंबी चीज पकड़

ली थी, जिसे उन्होंने पहना था और जिसे वह 'साड़ी' कहती हैं। मैंने उसे कसकर पकड़ लिया। मैंने सोचा कि उनके साथ जाने का यह सबसे अच्छा तरीका होगा।

अज्जी ने मुसकराते हुए कहा, "गोपी, मेरा पल्लू छोड़ दो। मैं ऑफिस जा रही हूँ। मुझे अपने सहकर्मियों से मिलना है और हमें बहुत काम करना है। अगर तुम मेरे साथ जाओगे तो वहाँ कोई नहीं है, जो तुम्हारे साथ खेले।"

"तुम एक सक्रिय कुत्ते हो और जल्द ही ऊब जाओगे। तुम्हें घर में रहने में ही ज्यादा मजा आएगा।"

लेकिन मैंने उनकी एक नहीं सुनी। जैसे ही कार

का दरवाजा खुला, मैं दौड़कर अंदर गया और खिड़की के पास बैठ गया। अज्जी ने विनती की और मुझे बाहर निकलने के लिए मनाया। उन्होंने मुझे एक च्यू-स्टिक भी दिया। मैंने उनके हाथ से वह स्टिक ले लिया, लेकिन कार से बाहर नहीं निकला।

अज्जी गिड़गिड़ाईं, "गाड़ी से नीचे उतरो, गोपी। प्लीज, उतरो। मुझे देर हो रही है।" लेकिन मैं उनकी बातों को नहीं सुन रहा था। कभी-कभी मुझे उनकी बात न सुनने में मजा आता है।

अंत में, उन्होंने हार मान ली।

"ठीक है, वास्तव में मेरे पास तुम्हें समझाने का समय नहीं है। तुम आओ, मुझे छोड़कर आ जाना। ऑफिस जाने में कम समय लगेगा और तुम पाँच मिनट में घर वापस आ जाओगे।"

मैंने हर शब्द को सुना और समझा। जब हम ऑफिस पहुँचे तो मैं उनसे पहले कार से बाहर निकला। अज्जी को आश्चर्य हुआ और वह मेरे पीछे भागीं, लेकिन मैं जल्दी से ऑफिस में दाखिल हुआ और एक छोटे से बॉक्स जैसे कमरे में पहुँचा, जो लोगों से भरा हुआ था। "देखो, वहाँ लिफ्ट में एक कुत्ता है।"

"लिफ्ट!" एक दूसरे ने कहा। कुछ तो डर के मारे एक-दूसरे से चिपक भी गए। जैसे ही लिफ्ट का दरवाजा बंद हुआ, मैंने देखा कि अज्जी ने मुझे आश्चर्य से देखा और सीढ़ियों पर दौड़ीं।

अब भी मैं उनसे तेज था। लिफ्ट का दरवाजा खुला तो मैं जल्दी से बाहर निकला।

अंत में अज्जी ने मुझे पकड़ लिया। वह जोर–जोर से साँस ले रही थीं, "गोपी, नीचे जाओ!"

लेकिन मैं बहुत व्यग्र था। मैंने देखा, लोग अप्पा की तरह कुरसियों पर बैठे और अपनी डेस्क पर स्क्रीन देख रहे हैं। मैं हर आदमी के पास गया, अपनी पूँछ लहराई और अपना सिर झुकाया। एक अधेड़ उम्र की महिला ने नाक पर चश्मा पहन रखा था। मेरे जाते ही ताची अज्जी ने सभी से परिचय कराया।

"गोपी, क्या तुम कृष्णमूर्ति की कुरसी पर बैठना चाहते हो?"

जब मैं उनके पास पहुँचा तो उन्होंने शरारत भरी नजर से पूछा, "हाँ, लीना, मुझे यकीन है कि गोपी को मेरी फाइलों पर काम करने में बहुत मजा आएगा।" कृष्णमूर्ति ने मेरे कानों के पीछे गुदगुदी करते हुए कहा।

फिर मैं अगले व्यक्ति की ओर चल पड़ा। "रश्मि, गोपी तुम्हें देख रहा है। मुझे लगता है कि उसे तुम्हारी साड़ी का रंग पसंद है।" लीना ने कहा तो रश्मि ने अपने जवाब में कुरसी को थोड़ा पीछे धकेल दिया।

मैंने कमरे के चारों ओर देखा। सोच रहा था कि आगे कहाँ जाना है। फिर मैंने दूसरी महिला की ओर देखा। उसने मुझे अपने कुरसी के पास आते देख उठने की कोशिश की, लेकिन मेरे पास आने पर रुक गई।

"आशा, लगता है, गोपी को आपके बैग में कोई दिलचस्प चीज मिल गई है।" देखो, वह उसे कैसे सूँघ रहा है। मुझे लगता है कि उसे आपका टिफिन चाहिए!"

मेरा अगला पड़ाव एक व्यक्ति था, जो मेरी तरफ न देखने की पूरी कोशिश कर रहा था।

लेकिन लीना ने उसे मेरी उपेक्षा नहीं करने दी। "प्रशांत!" उसने उससे कहा, "देखो, तुम्हारे बगल में कौन खड़ा है!"

जल्द ही मैं कमरे में सभी को जान गया था। तब दोस्ताना व्यवहार वाली महिला लीना ने अज्जी से

कहा, "इसे यहाँ रहने दीजिए, मैम। मुझे नहीं लगता कि यह हमें परेशान करेगा।"

मैंने अपनी आँख के कोने से श्रुति दीदी को देखा, हालाँकि वह भी अपनी मेज पर काम कर रही थीं, उन्होंने मुड़कर मेरी ओर देखा। उन्होंने मुझे एक बड़ी मुसकान दी। मैं समझ गया था कि वह भी चाहती हैं कि मैं रहूँ।

"हाँ, लीना सही कह रही है। उसे रहने दीजिए!" उसने कहा।

मेरे सभी नए दोस्त—कृष्णमूर्ति, रश्मि, आशा और प्रशांत—ने सिर हिलाया।

फिर रश्मि ने कहा, "यह बहुत मिलनसार है। हम वादा करते हैं कि अगर यह हमें परेशान करता है तो हम इसे घर भेज देंगे।"

मैं बैठ गया और अज्जी को विनती करते हुए देखा। उन्होंने आह भरी, "ठीक है, मैं आज के लिए उसके व्यवहार पर नजर रखूँगी।"

हर कोई अपनी स्क्रीन पर वापस आ गया।

तो यहाँ दो तरह के लोग थे, मैंने अपने मन में सोचा— वे, जो मुझे आदेश दे सकते थे और दूसरे वे, जिनके साथ मैं शरारत कर सकता था।

पहली तरह वाले में लीना, कृष्णमूर्ति और दीदी थीं, जो कुत्तों से परिचित थीं। मेरी

रणनीति उन पर काम नहीं करनेवाली थी। रश्मि, आशा और प्रशांत—दूसरे तरह के थे और मैं इसका लाभ उठा सकता था, क्योंकि वे कुत्तों के बारे में ज्यादा नहीं जानते थे।

ऑफिस में होना एक ट्रीट जैसा था। मैं बिल्कुल भी ऊबनेवाला नहीं था!

मुख्य द्वार पर चंद्रन्ना थे। जब मैं ऑफिस आया था तो वह ऐसे व्यक्ति थे, जिन्हें मैंने अपनी हड़बड़ी में लगभग जमीन पर पटक ही दिया था।

जल्द ही वह मेरा लिफ्ट दोस्त बन गया। उसे मेरा

अभिवादन करना अच्छा लगता था। जब भी मैं लिफ्ट में आता तो हम एक-दूसरे को अभिवादन करते थे।

लिफ्ट सबसे अच्छी चीज थी, जिसे मैंने कभी नहीं देखा था। मुझे सीढ़ियों से ऊपर और नीचे नहीं जाना पड़ता। लिफ्ट ऊपर गई तो मैं भी उसके साथ गया! जब वह नीचे जाती तो मैं भी नीचे चला जाता, जहाँ भी मैं जाना चाहता। इसमें से बार-बार आने-जाने में बहुत मजा आने लगा। मैं इसे पूरे दिन करना चाहता था!

मैं चंद्रन्ना के साथ तीसरी मंजिल पर गया। जैसे ही मैं लिफ्ट से बाहर निकला, मुझे ढेरों फूलोंवाला एक अच्छा बगीचा दिखाई दिया! एक इमारत के ऊपर एक बगीचा!

2

2

मैंने ऐसा कभी नहीं देखा था। वहाँ बहुत सारे फूल थे, जैसे अज्जी का बगीचा था। मैं उनके कई नामों को जानता हूँ, क्योंकि ताची अज्जी अकसर उन्हें बताती हैं।

वहाँ विभिन्न रंगों के गुलाब थे—गुलाबी, लाल, नारंगी और पीला। वहाँ वाटर लिली व कमल थे और यहाँ तक कि एक अजीब, लेकिन मनभावन गंधवाला एक पौधा भी था।

जब मैंने उसे सूँघा तो चंद्रन्ना ने कहा, "गोपी, वह लेमनग्रास है।" उसकी सुगंध मोहक थी और मैंने उसे तुरंत खा लिया। जिस क्षण मैंने उसे चखा, मुझे पता चल गया कि यह मेरे पेट के लिए अच्छा है।

ओह, स्वादिष्ट!

मैं वाटर लिली के बरतन के पास गया तो देखा कि उसके अंदर पानी में कुछ छोटे जीव घूम रहे हैं।

मैंने अपना मुँह बरतन में रखा और उन प्राणियों के साथ-साथ थोड़ा पानी भी चूस लिया। जैसे ही मैं उसे फिर से करने वाला था कि कोई आया और अचानक मेरी पीठ पर एक चपत लगाई। आउच! दीदी थी। "गोपी, तुम बदमाश बच्चे, तुम्हें यहाँ से पानी नहीं पीना चाहिए। पानी गंदा है। इसमें कीचड़ है और क्या तुम मछली को तैरते हुए नहीं देख सकते? तुम बेचारी मछली को खाना चाहते हो? तुम्हें इस बगीचे की सुंदरता का आनंद लेना चाहिए, इसे खराब नहीं करना चाहिए, मूर्ख।"

मैं उनसे सहमत था। प्यारा सा बगीचा था। मैं जब भी किसी नई जगह पर जाता था तो अपने क्षेत्र में

अपना निशान छोड़ता था। मैं यहाँ भी यही करना चाहता था। लेकिन जैसे ही मैंने पैर उठाया, दीदी फिर से परेशान हो गईं।

"गोपी, तुम्हें बगीचे को गंदा नहीं करना चाहिए।" उन्होंने मुझे डाँटा।

"दीदी, आप मेरे क्षेत्र को चिह्नित करने का अर्थ नहीं जानती हैं। इसका मतलब है कि मैं इस जगह का राजा हूँ! कुत्तों के पास अज्जी और अन्य मनुष्यों की तरह घर नहीं होते हैं। जब हमें कोई ऐसा क्षेत्र मिल जाता है, जिसे हम पसंद करते हैं और जिसे अपना मानते हैं। तो हम उस पर गड्ढा करके उस पर अपना निशान लगाते हैं। उस लिहाज से, आप अब मेरे क्षेत्र में हो। अगर मैं चाहूँ तो आपको यहाँ से जाने के लिए कह सकता हूँ।" मैंने तर्क दिया।

लेकिन दीदी समझीं नहीं और बस, मेरे सिर को थपथपाया और मुझे झट से गले लगा लिया। मुझे अब उन्हें और डाँटना अच्छा नहीं लग रहा था।

जल्द ही लंच का समय हो गया। मेरे सभी नए दोस्त डाइनिंग एरिया में इकट्ठे हुए। मैंने उनमें से कुछ को पानी के नल के पास खड़े देखा। अप्पा ने मुझे भी नल से पानी पीना सिखाया है। मैं उनमें से एक नल के पास गया, प्रशांत को एक तरफ धकेल दिया और उसमें से पानी पीने लगा। मुझे नहीं पता था कि मैं इतना प्यासा था।

"उसे देखो, वह सीधे नल से पानी पीता है!" आशा ने कहा।

"मुझे विश्वास नहीं हो रहा है!" रश्मि ने कहा।

वे जितना मुझ पर प्रेम बरसा रहे थे, मैं उतना ही पानी पी रहा था।

जितना मैं पी रहा था, उनकी उतनी ही अधिक चीखें सुन रहा था।

जल्द ही मैंने अज्जी की आवाज सुनी, "बस, हो गया। रुको, गोपी।"

जब मैंने उनकी आवाज सुनी तो मेरे पास उन्हें सुनने के अलावा कोई चारा नहीं था।

फिर सब खाने के लिए मेज के चारों ओर बैठ गए जैसे वे घर पर करते हैं। चारों ओर स्वादिष्ट महक

तैरने लगी। मैं टेबल पर कूदकर उनका खाना खाना चाहता था। लेकिन कृष्णमूर्ति ने कहा, "हम जो खाते हैं, वह तुम नहीं खा सकते, गोपी। अज्जी ने तुम्हारे अपने बॉक्स में एक विशेष लंच रखा है और वह हमारे खाने से बहुत अलग है।"

जल्द ही मेरे सामने मेरा कटोरा था—उसमें उबली हुई सब्जियाँ, उबले अंडे और रोटी थी। यह निश्चित तौर पर जो दूसरे खा रहे थे, उन सभी से बहुत अलग खाना था। मेज पर क्या दावत चल रही थी—चावल और सांबर, रोटी और दाल; फल, केक, चॉकलेट और गुलाब जामुन।

कृष्णमूर्ति ने मुझे हर किसी के खाने को घूरते देखा और हँस पड़े। "तुम मिठाई या चॉकलेट नहीं खा सकते, गोपी।" उन्होंने कहा।

"तुम्हारा पेट इनमें से कुछ चीजों को पचा नहीं पाएगा; लेकिन हम तुम्हारे साथ कुछ फल बाँटेंगे।"

लीना दयालु थी और उसने मुझे एक नरम नारंगी फल दिया, जिसे वे पपीता कहते थे।

आशा कुछ दूर बैठी थी; लेकिन जब मैं उसके पास गया तो उसने जल्दी से मुझे

एक बड़ा एग पफ दिया।

इससे पहले कि कोई मुझे रोक पाता, मैंने उसे एक पल में ही निगल लिया। फिर मैंने अपना खाना देखा। आह! यह बहुत उबाऊ लग रहा था। मैंने फिर इधर-उधर देखा, लेकिन ऐसा नहीं लगा कि कोई और मुझे अब कुछ देने को तैयार है।

मुझे भूख लगी थी। मैंने अपना खाना खा लिया।

दोपहर के भोजन के बाद प्रशांत ने मुझे दही का एक बड़ा कटोरा दिया। यह स्वादिष्ट था और मैंने कटोरा साफ चाट लिया। लेकिन एक कटोरा बहुत छोटा लग रहा था। मैंने भौंकते हुए कहा, "कृपया एक और।"

प्रशांत ने सिर हिलाया और मुझे दूसरा कटोरा दिला दिया। मैंने उसे भी खत्म कर दिया।

मुझे पेट भरा हुआ तथा संतुष्ट महसूस हुआ। मैं एक झपकी लेना चाहता था। अज्जी जानती थीं कि मुझे एक ठंडी जगह पर लेटने की जरूरत है, क्योंकि वह समझती हैं कि मुझे अपने रेशमी सुनहरे कोट के नीचे गरमी महसूस होती है।

उन्होंने मुझे अपनी तरफ बुलाया, "आओ गोपी, तुम्हारे लिए एयर-कंडीशनर चालू कर दूँ, तब तुम्हें

अच्छा लगेगा।" उन्होंने प्यार से कहा।

जल्द ही मैं गहरी नींद में सो गया। मैंने बहुत काम किया था।

तभी अचानक मैं जागा। मुझे बाहर जाना था। जल्दी से मैंने अपना पट्टा उठाया और उसे अपने मुँह में लेकर अज्जी के पास गया। अज्जी ने मुझ पर पट्टा डाल दिया। फिर कृष्णमूर्ति मुझे ऑफिस से बाहर मुख्य द्वार के पास एक पेड़ के पास ले गए। मुझे एक नया क्षेत्र चिह्नित करने में खुशी हुई। मैं नई जगहों पर अपना निशान लगाने का ऐसा अवसर कभी नहीं चूकता हूँ।

कुछ ही मिनटों में मैं वापस आ गया और अज्जी की मेज के पास फिर से पसर गया तथा उनके चारों ओर देखने लगा।

जब दिन ढल गया तो बाद में सभी ने अज्जी से कहा, "कृपया उसे हर दिन काम पर ले आओ। वह हमें खुश करता है!"

यिप्पी! मैंने सब पर अच्छा प्रभाव डाला था और सबका दिल जीत लिया था। कितना सफल दिन है!

हम परिवार हैं

अपर्णा इन दिनों अकसर घर आती है। वह आने के बाद मुझसे मिलने के लिए दौड़ती है और कहती है, “गोपी, तुम बहुत सुंदर कुत्ते हो। मुझे तुमसे मिलने

आना अच्छा लगता है!" लेकिन क्या उसके हमारे घर आने का एकमात्र कारण यही है? मुझे आश्चर्य होता है या यह अप्पा है?

वह और अप्पा एक साथ बैठकर घंटों बातें करते हैं। वे बहुत सी ऐसी बातों के बारे में बात करते हैं, जिनमें मेरी कोई दिलचस्पी नहीं है। वे बहुत हँसते हैं और जब वे ऐसा करते हैं तो मैं उनके बीच जाकर बैठ जाता हूँ। मेरी भी उनके साथ हँसने की इच्छा होती है!

फिर वे दोनों मेरी ओर मुड़ते हैं, मुझे प्यार करते हैं और कहते हैं, "मुझे तुमसे प्यार है!" लेकिन मुझे नहीं पता कि वे मुझसे ऐसा कहते हैं या एक-दूसरे से! यह बहुत भ्रमित करनेवाला है!

मुझे अज्जी को बताना होगा। मुझे जरूर बताना चाहिए!

कुछ दिनों के बाद मैंने अज्जी से कहा, "मुझे लगता है कि अप्पा को अपर्णा पसंद है और वह मुझे पसंद करती है। मैं भी उसे पसंद करता हूँ। मेरे पास पहले से ही एक पिता है; लेकिन शायद मुझे माँ पाने का यह सही समय है। आप बहुत अच्छी हो, अज्जी; लेकिन आप भी समय के साथ बूढ़ी होती जा रही हो। मुझे पता है कि आप अपर्णा जैसी नई, बढ़िया चीजें लाने

के बारे में सोच भी नहीं सकतीं।"

अज्जी मुसकराईं, जैसे वह समझ रही हो कि मैं क्या कह रहा हूँ, "गोपी, अप्पा की शादी की तारीख पक्की है; लेकिन कुछ और खबरें हैं। शायद तुम्हारे लिए शादी से भी ज्यादा रोमांचक। अपर्णा और रोहन तुम्हें इस बारे में बताएँगे। खुश रहो!"

दिन बीत गए और मैंने अप्पा या अपर्णा से कुछ नहीं सुना। मैं बेचैन हो रहा था।

फिर, एक दिन घंटी बजी। मैं हमेशा यह

देखने के लिए दौड़ता हूँ कि कौन आया और ज्यादातर किसी और के आने से पहले दरवाजे पर पहुँच जाता हूँ।

जब अज्जी ने दरवाजा खोला तो हमने देखा कि दो छोटी बच्चियाँ अपनी माँ का हाथ थामे गेट पर खड़ी थीं। मैंने उन्हें तुरंत पहचान लिया। वे मेरे चचेरी बहनें कृष्णा और अनुष्का थीं। मैं उन्हें बहुत लंबे समय के बाद देख रहा था।

शिवाजी खोलने के लिए दौड़े और उन्हें अंदर आने दिया।

"क्या यह गोपी है?" उन्होंने पूछा।

अज्जी ने सिर हिलाया। "घर में तुम्हारा स्वागत है, अक्षता और मेरी प्यारी कृष्णा व अनुष्का।" उन्होंने खुशी से मुसकराते हुए कहा।

कृष्णा और अनुष्का खुशी से झूम उठीं। "यह अब एक शेर की तरह लग रहा है!" वे चिल्लाती हुई मेरी ओर दौड़ीं और मुझे गले से लगा लिया। क्या एहसास है! कोई मुझे इतना कसकर गले नहीं लगाता। मैंने अपनी पूँछ को पहले की तुलना में तेजी से हिलाया। कृष्णा मेरे कान में फुसफुसाई, "गोपी, हम तुम्हारे लिए खास बिस्किट और खाना लेकर लाए हैं। हमने हरि, नंदी और तुम्हारे लिए नेमप्लेट भी बनाई हैं।"

मैं खुश था, भले ही वे जो कह रहे थे, मैं उसे ज्यादा समझ नहीं पा रहा था। "हरि और नंदी कौन थे?"

मुझे आश्चर्य हुआ, लेकिन मैंने उनके हाथ चाटकर उन्हें धन्यवाद दिया। उनकी माँ चिल्लाने लगीं, "लड़कियो, सावधान रहना। वह बड़ा हो गया है और वह तुम्हें काट भी सकता है।"

मैं अक्षता पर हँसा। वह अपने पिता की तरह थी और मुझ पर भरोसा नहीं करती थी।

हालाँकि, लड़कियों ने चोरी-छिपे इस बात पर कोई ध्यान नहीं दिया। "क्या तुम हमारे साथ सोओगे?"

मैंने अपनी पूँछ लहराई और मान गया।

अज्जी पास आईं और दोनों लड़कियों को अपने साथ ले गईं। वह उनके बीच पास ही एक बेंच पर बैठ गईं।

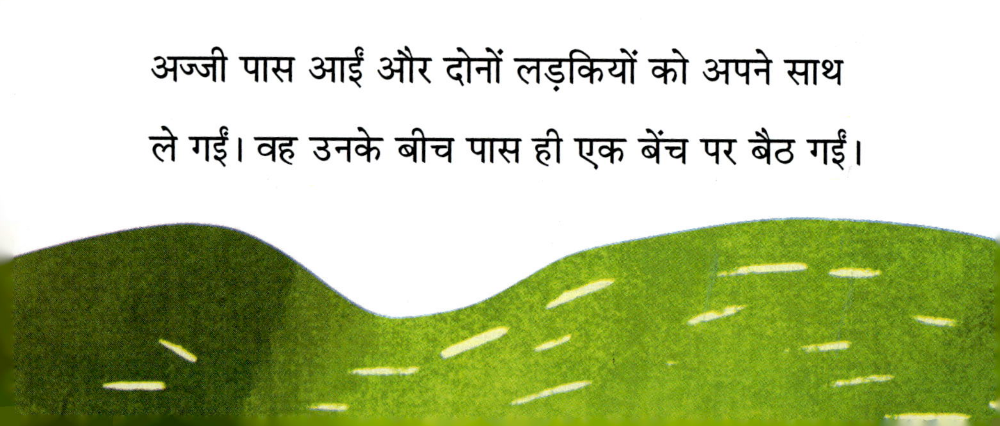

मैं उदास हो गया था। वह लड़कियों को इतना तवज्जो क्यों दे रही है ? मैं यहाँ हर समय हूँ। मैं तो उनका हूँ। लड़कियाँ तो यहाँ नहीं रहती हैं। वे केवल उनसे मिलने आई हैं। इसलिए मैं अज्जी पर कूद पड़ा और उनकी गोद में बैठ गया। लड़कियाँ चिल्लाईं, "अच्छा किया, गोपी ! तुम्हें भी हमारे साथ बैठना चाहिए।"

हालाँकि, अज्जी अपनी गोद में मेरा भार उठाने के लिए संघर्ष कर रही थीं। जब उन्होंने मेरी आँखों में देखा तो वह समझ गईं कि मैं अकेला महसूस कर रहा था और धीरे से उन्होंने कहा, "गोपी, तुम मेरे दिल हो। लेकिन ये भी मेरे नातिन हैं। मुझे इनके साथ भी थोड़ा समय बिताने दो।"

मैंने सिर हिलाया और केवल इसलिए इस बात के लिए तैयार हो गया कि अज्जी ने इस बात को इतनी अच्छी तरह समझाया था।

एक हफ्ते बाद मैं अप्पा और अपर्णा से एक साथ मिला। मुझे लगा कि वे मेरे लिए तोहफे लाए होंगे; लेकिन इसके बजाय उन्होंने मुझे चौंका दिया! अपर्णा ने मधुरता से कहा, "गोपी, हमने अनाथ आश्रम से दो कुत्तों को गोद लेने का फैसला किया है। कोई है एक पिल्ला, जिसे किसी कार ने मार दिया था। उसने अपने दोनों पिछले पैर खो दिए हैं और वह उससे बिल्कुल कुछ नहीं कर सकता; लेकिन वह जीवंत है। दूसरे ने भी हादसे में अपना दूसरे पैर खो दिया है। लोग ऐसे कुत्तों को नहीं अपनाते हैं और उनकी देखभाल के लिए

उन्हें किसी की जरूरत है। इसलिए हमने उन दोनों कुत्तों को अपनाने का फैसला किया है। यह एक-दूसरे को हमारी शादी का तोहफा है।"

अप्पा ने कहा, "उनका स्वागत करो और उनके साथ अपने भाई-बहनों की तरह व्यवहार करो।"

"तुम अज्जी के साथ रहोगे और वे हमारे साथ रहेंगे; लेकिन तुम्हें उनकी भी मदद करनी चाहिए। तुम्हारे चार पैर हैं और तुम सबसे बड़े होगे।"

'अरे, क्या चल रहा है ?' मैंने मन-ही-मन सोचा। मुझे यह समझने में बहुत मुश्किल लग रहा था। 'मैं अपने खिलौने, अपनी खुशियाँ, अपना प्यार दो अजीब कुत्तों के साथ कैसे बाँट

सकता हूँ ? मैं उन्हें नहीं जानता। क्या होगा, अगर मैं उन्हें पसंद नहीं करूँगा ? तो मैं क्या करूँगा ?' मैं चिंता में पड़ गया था। शायद मुझे उनको कह देना चाहिए, वे कुत्तों को घर न लाएँ!

ताची अज्जी, जो मुझे देख रही थीं, मेरे बगल में आकर बैठ गईं और कहा, "गोपी, दूसरों की मदद करना जरूरी है। तुम सौभाग्यशाली हो कि तुम्हारे चार पैर हैं। वे दो कुत्ते नहीं हैं। कोशिश करो कि स्वार्थी न बनो और खुशी मन से घर में उनका स्वागत करो। हमारा प्यार तुम्हारे लिए कम नहीं होगा। वास्तव में, उनके साथ अच्छा व्यवहार करने पर हम तुम्हें और अधिक प्यार करेंगे।"

मुझे उम्मीद थी कि ताची अज्जी सही थीं।

अगले दिन दो कुत्ते अप्पा के घर पहुँचे और मैं उन्हें देखने गया।

पहले तो मैं डरा हुआ था। मैंने उनके जैसे कुत्ते कभी नहीं देखे थे। तब मुझे एहसास हुआ कि वे मुझसे ज्यादा डरते थे! एक भूरा और छोटा था। उसकी टिमटिमाती आँखें थीं। उसने आगे बढ़ने के लिए अपने शरीर को दो आगे के पैरों से आगे बढ़ाया। मुझे उसके लिए बुरा लगा।

अप्पा ने उसे धीरे से थपथपाया और कहा, "अच्छे बच्चे, नंदी।" दूसरे का रंग काला था।

अब अपर्णा ने उसे पुकारा, "हरि!" तो वह तीन पैरों पर उसकी ओर लपका।

"अब हमारे पास गोपी, हरि और नंदी हैं।" अपर्णा ने गर्व से कहा।

मैं कुछ देर उनके पास बैठा; लेकिन वे मेरी ओर नहीं बढ़े तो मैंने जाकर उन दोनों का स्वागत करने के लिए अपनी पूँछ हिलाई। आखिरकार, मैं उन्हें पाकर खुश था।

कुछ मिनट बाद अज्जी हम सबके लिए पनीर लाईं। मैं उन्हें यह दिखाना चाहता था कि मैं मिलनसार हूँ और हरि व

नंदी को बताना चाहता था कि मैं अपनी चीजें उनके साथ साझा करूँगा! मैंने पनीर का एक टुकड़ा लिया और उसे हरि के सामने गिरा दिया। मैंने एक को नंदी के सामने भी गिरा दिया सबने तालियाँ बजाईं।

"ओह, तुमने क्या कमाल का काम किया है! अच्छा किया, गोपी! तुम दिल से अच्छे हो।" मैंने अज्जा की आवाज सुनी और उन्हें हमारे साथ जुड़ते हुए देखकर खुशी हुई। मैं हैरान था। मुझे हमेशा लगा था कि वह मेरे बारे में ज्यादा नहीं सोचते हैं, लेकिन फिर भी मुझे खुशी है कि उन्हें यह जानने का मौका मिला कि मैं कौन हूँ।

जल्दी ही एक दिन मुझे घर में बहुत सी आवाजें सुनाई दीं। मैं अपने कमरे से बाहर भागा। शिवाजी जल्दी से मुझे मेरी सुबह की दिनचर्या के लिए बगीचे में ले गए और फिर मुझे नाश्ते के लिए अपने कटोरे के पास ले गए। 'क्या हो रहा है?' मैंने मन-ही-मन सोचा।

'हर कोई इतनी जल्दी में क्यों है? अज्जी कहाँ है?'

तभी अचानक मैंने उन्हें देखा। अज्जी और ताची अज्जी खुशी से मुसकराते हुए एक साथ खड़ी हो गईं। अज्जी ने मुझे पुकारा, "आओ गोपी, आज अप्पा की शादी का दिन है। हमारे साथ पास के एक होटल में चलो। वह अपने पसंदीदा गोपी के बिना अप्पा की शादी नहीं कर सकता!"

जैसे ही मैंने देखा कि अज्जी बाहर खड़ी कारों में से एक की ओर चल रही हैं, मैं आगे बढ़ा और उनसे पहले अंदर बैठ गया।

मैंने अपने सिर को खिड़की से बाहर निकाल लिया।

"गाड़ी। ओह! यह बेहद मजेदार है!"

लेकिन मैंने अपने चेहरे पर हवा का आनंद लेना शुरू ही किया था कि ड्राइवर ने कार घुमाई और एक बड़ी बिल्डिंग के पास पहुँचकर रुक गया। घर के बगीचे की तरह ही वह जगह फूलों से भरी हुई थी। मैं उन सभी को सूँघकर इधर-उधर

भागा। 'यह कितनी अच्छी जगह है!' मैंने उत्साह में सिर हिलाते हुए सोचा। कुछ ही देर में अज्जी के परिवार के कई लोग और दोस्त भी वहाँ आ गए। यह बहुत खुशी का दिन था।

अज्जी ने मुझे एक दुबली-पतली, प्यारी सी महिला से मिलवाया और कहा, "मेरी बहन जयश्री से मिलो। यह यहाँ शादी के लिए आई है!"

जयश्री ने मुझे गले लगाया! आश्चर्य हुआ। मैंने चमकती आँखों से उन्हें देखा और उन्होंने कहा, "तुम मुझे ल्यिरिक्स की याद दिलाते हो! मुझे

पता है कि परिवार में कुत्ता होने का क्या मतलब होता है! मेरे पास कुछ साल पहले तक ल्यिरिक्स था!"

फिर अज्जी ने मुझे एक तरफ खींच लिया और पास के एक सज्जन के पास ले गईं। 'यह तो अज्जी की तरह दिखते हैं।' मैंने सोचा।

अज्जी ने कहा, "यह मेरा भाई श्रीनिवास है।"

फिर श्रीनिवास की ओर मुड़कर उन्होंने कहा, "यह मेरी खुशी है, गोपी।"

श्रीनिवास उत्सुक थे और उन्होंने मेरे सिर को थपथपाया, "यह मुझे मेरे खरगोशों की याद दिला रहा

है! मेरे पास घर पर तीन खरगोश हैं!"

वाह! मैं आश्चर्य से भौंकने लगा। क्या मैं एक छोटे खरगोश की तरह दिखता था! एक ऐसा प्राणी, जो यह नहीं समझ सकता कि चबाना, भौंकना और पानी से खेलना क्या होता है? हालाँकि, उनके हाथ की गरमाहट ने मुझे आराम दिया और मुझे अच्छा लगा।

बाकी समय मैं शिवाजी के साथ रहा और लोगों की भीड़ को देखता रहा। कुछ आए और मुझसे मिले। बहुत से लोगों ने कहा कि मैं बहुत अच्छा और सुंदर कुत्ता हूँ! मैंने उन्हें हरि और नंदी को अपनाने के लिए अप्पा और अपर्णा की प्रशंसा करते सुना।

अपर्णा सुंदर लग रही थी और अप्पा बहुत खुश लग रहे थे। वह हर समय मुसकराते रहते थे।

भरपेट खाना और कई घंटे बीत जाने के बाद मुझे इतनी नींद आ रही थी कि मैं अपनी आँखें अब और नहीं खोल सकता था। मुझे केवल शिवाजी याद हैं।

उस बड़े आयोजन के अगले दिन अज्जी मेरे पास आकर बैठ गईं। वह थकी हुई लग रही थीं, लेकिन उनके चेहरे पर एक खिली हुई मुसकान थी। उन्होंने कहा, "गोपी, अब तुम्हारे दो माता-पिता हैं—अप्पा और अम्मा। पूरे परिवार की तसवीर खिंचने के लिए एक घंटे में एक फोटो शूट होने वाला है—अम्मा, अप्पा, हरि, नंदी और तुम।"

मैं मुसकराया।

जल्द ही फोटो शूट शुरू हो गया। मैं अम्मा व अप्पा के बीच बैठ गया और खुशी से सोचने लगा, 'मेरा कितना सुंदर परिवार है!'

अंत में प्यार ही है

बहुत दिन बीत गए। कई दिन व महीने भी गुजर गए और फिर सबकुछ बदलने लगा। कोई कहीं नहीं गया। हर कोई हमेशा घर पर ही था। अज्जी ने ऑफिस जाना

बंद कर दिया। हालाँकि, अज्जी कहीं न जाने पर भी बहुत व्यस्त रहती थीं। वह अपने फोन पर बात करती रहती थीं या पूरे दिन अपने कंप्यूटर की स्क्रीन पर देखती रहती थीं, जैसा लोग अपने ऑफिस में करते थे। मुझे केवल थोड़ा पैदल चलने की अनुमति थी। लेकिन सैर पर चलनेवाले मेरे दोस्तों में से कोई नहीं दिख रहा था। सड़कें खाली थीं और इसमें कोई मजा नहीं आ रहा था!

हर सुबह मैं अज्जी के साथ बगीचे में फूल लेने के लिए जाने का इंतजार करता हूँ, जैसे उनके ऑफिस जाने से पहले किया था। लेकिन अज्जी अब कोई फूल नहीं तोड़ती हैं। मैं अज्जी को यह बताने की कोशिश करता रहता हूँ कि मुझे ऑफिस और वहाँ बने सभी नए दोस्तों की याद आती है; लेकिन अज्जी को सुनने

की फुरसत कहाँ है! इन दिनों जब अज्जा, अज्जी और ताची अज्जी बात करते हैं तो वे अकसर 'कोविड' शब्द का इस्तेमाल करते हैं। मुझे नहीं पता कि इसका क्या मतलब है; लेकिन जब वे इसके बारे में बात करते हैं तो उनके चेहरे पर चिंता साफ दिखाई देती है। कोविड, कोरोना—वे इसे लेकर बहुत सी बातें कहते हैं। हो सकता है कि यह कोरोना की बात हो, जिसके बारे में उन्होंने कई महीने पहले बात करना शुरू किया था। टी.वी.—वह जो बड़ा परदा है, जिसे हर कोई घर में देखता है, वह भी हर समय उसके बारे में बात करता है।

अज्जी जब भी किसी से फोन पर बात करतीं

तो वह इस बारे चिंतित दिखती हैं। 'क्या इस कोविड ने—जो कुछ भी है—ने सभी को घर पर रहने के लिए मजबूर कर दिया है?' मुझे आश्चर्य होता है।

शाम को अज्जी थोड़ा आराम करती हैं और अपना सारा समय मेरे साथ बिताती हैं, मुझे उनके साथ रहना पसंद है और वह चाहे कुछ भी कर रही हों, उनके बगल में बैठना पसंद करता हूँ। मुझे उनके साथ घर के छोटे से बगीचे में जाना अच्छा लगता है। मैं फूलों और सब्जियों की क्यारियों पर कूदता हूँ। जब अज्जी नहीं देख रही होती हैं तो मैं तुलसी के पौधों का स्वाद जल्दी से चख लेता हूँ। पहली बार जब मैंने इसका स्वाद चखा तो शिवाजी मेरे बारे में शिकायत करने के लिए घर पहुँचे और कहा, "गोपी तुलसी के पत्ते खा रहा है।"

अज्जी ने जवाब दिया, "जब तक वह पूरा पौधा नहीं खा जाता, तब तक ठीक है। शिवाजी, तुलसी सभी के लिए अच्छी होती है। गोपी को भी खाने दो।" इससे पहले जब मैं फूलों की क्यारियों पर कूदता था तो अज्जी परेशान हो जाती थीं, लेकिन अब नहीं। इसलिए मैं घर का मालिक बन गया हूँ और मुझे यह पसंद है। मैं अज्जा को छोड़कर घर में सबके साथ मस्ती करता हूँ।

रोज रात का खाना समाप्त करने के बाद अज्जा मेरे सामने आकर बैठ जाते हैं। फिर वह अज्जी से कहते हैं, "आज रात हमने जो सब्जी खाई थी, कृपया उसे दे दो।"

मुझे सब्जी नहीं चाहिए, लेकिन वह जिद करते हैं।

जब मैं रात का खाना खा रहा होता हूँ तो वह मेरे कटोरे में पानी भरते हैं और मुझसे कहते हैं कि खाना खाने के बाद इसे पी लूँ। मुझे पानी नहीं चाहिए; लेकिन मैं न तो परेशान होता हूँ और न ही कुछ कहता हूँ। मुझे पता है कि वह सोचते हैं कि मैं उनके जैसा हूँ। अज्जा जब रोटी खाते हैं तो उन्हें सब्जी चाहिए और फिर वह पानी पीते हैं।

लेकिन यह मेरी चीजों का क्रम नहीं है।

एक दिन, अज्जी अपने कमरे में फोन पर व्यस्त थीं तो मैं जाकर

लिविंग रूम में लेट गया। अज्जा अपनी पसंदीदा कुरसी पर बैठकर पुस्तक पढ़ रहे थे और आसपास और कोई नहीं था। मैंने अपनी आँखें बंद कर लीं और सो गया।

जज्ज्ज्ज्ज्ज!

अचानक मुझे अपने शरीर पर एक कोमल हाथ महसूस हुआ। मैंने अपनी आँखें थोड़ी ही खोलीं और अज्जा को देखा। मैं हैरान था, उन्होंने ऐसा पहले कभी नहीं किया था। मैंने जल्दी से अपनी आँखें बंद कर लीं।

अज्जा ने करीब

झुककर कहा, "मैंने हमेशा सोचा था कि कुत्ते जंगली होते हैं, वे हमें नहीं समझते हैं। धीरे-धीरे एक साल से अधिक समय तुम्हारे साथ बिताने के बाद मुझे एहसास हुआ कि तुम भी इनसानों की तरह हो, हमारी तरह। फर्क सिर्फ इतना है कि तुम्हारे पास हाथ नहीं हैं और तुम बोल नहीं सकते। जब मैं घर आता हूँ और तुम्हारा चेहरा देखता हूँ तो मुझे संतुष्टि महसूस होती है और मेरा सारा तनाव दूर हो जाता है। जब तुम दूसरों के साथ बैठते हो तो मुझे भी तुम्हारे बगल में बैठने का मन करता है लेकिन मुझे हमेशा डर लगता है।

"आज तुम गहरी नींद में और आसपास कोई नहीं है। इसलिए मैंने कुछ साहस जुटाया और तुम्हें छुआ। इसे मुझे तुम पर प्यार आ रहा है और मैं तुम्हारे करीब महसूस करता हूँ, गोपी। काश, मैंने यह पहले जान लिया होता! तब मैं चालीस साल पहले तुम्हारे जैसे किसी को घर ले आता! मुझे सच में नहीं पता था कि तुम परिवार में इतनी खुशियाँ लाओगे।

वह थोड़ा रुके। मैं उन्हें और सुनना चाहता था और अपनी आँखें बंद किए रहा। "हालाँकि, अप्पा तुम्हें घर ले आए हैं। तुम अज्जी के कुत्ते हो, अज्जा ने आगे

कहा, "जिस तरह से तुम उनके साथ खुश रहते हो और जिस तरह से तुम घंटों उनका इंतजार करते हो, उससे मुझे एक जापानी कहानी की याद आती है, जिसे मैंने एक बार पढ़ा था। यह एक सच्ची कहानी है।

"एक बार की बात है, एक बूढ़ा आदमी अपने कुत्ते के साथ बिल्कुल अकेला रहता था। वे एक-दूसरे से प्यार करते थे और सबसे अच्छे दोस्त थे। बूढ़ा रोज ट्रेन से काम पर जाता था और कुत्ता उसे सुबह प्लेटफॉर्म पर छोड़ देता था तथा शाम को फिर वहीं जाकर उसका इंतजार करता था। एक दिन वह बूढ़ा आदमी ऑफिस में काम करते हुए मर गया और शाम को घर नहीं लौटा।

हालाँकि, कुत्ता हमेशा की तरह प्लेटफॉर्म पर आ गया था। उसने प्लेटफॉर्म के खाली होने तक इंतजार किया और घर वापस आ गया। उसने सोचा कि उसका आदमी अगले दिन वापस आ जाएगा। ऐसा उसने पूरे जीवन भर हर दिन किया।

"मुझे पता है कि यह एक दुःखद कहानी है, लेकिन इसने शहर के लोगों को एहसास कराया कि कुत्ते का स्नेह अटूट होता है और उसकी वफादारी याद रखने लायक होती है। इसलिए उन्होंने उसके सम्मान में एक मूर्ति बनाई।

"मैं जानता हूँ कि तुम उससे कम नहीं हो। तुम बस, प्यार चाहते हो। तुम अपने परिवार पर कितना स्नेह बरसाते हो, इसका कोई पैमाना नहीं है। घर आने और

मुझे एक बेहतर इनसान बनाने के लिए धन्यवाद।"

अंत में, मैंने अपनी आँखें खोलीं।

अज्जा मुसकरा उठे।

मैंने सबकुछ सुना और उन्होंने जो कुछ भी कहा, सब समझ लिया था।

मैंने अपनी पूँछ लहराई और उनका हाथ चाटने लगा।

"मैं आपसे प्यार करता हूँ।" मैंने खुशी से कहा।

अज्जा ने अपना हाथ नहीं हटाया।

ए-हा! मैंने आखिरकार तनावपूर्ण हालात को बदल ही दिया और उनके दयालु और उदार हृदय में अपना रास्ता खोज लिया।

गोपी मूर्ति

27 नवंबर, 2018 को जनमा गोपी एक किशोर गोल्डन रिट्रीवर है। उसे लंबी सैर पर जाना और खेलने के लिए नए दोस्त ढूँढ़ना पसंद है। इस सुंदर कुत्ते को अपने बगीचे में बिल्लियों व कौए का पीछा करने और खाने से खुश होने तथा अपने परिवार को प्यार करने में आनंद मिलता है। वह अपने अज्जा, अज्जी, ताची अज्जी, अप्पा और अम्मा के साथ बैंगलोर में रहता है।

लेखिका के बारे में

सुधा मूर्ति का जन्म सन् 1950 में उत्तरी कर्नाटक के शिगगाँव में हुआ था। उन्होंने कंप्यूटर साइंस में एम.टेक. किया और अब वह इन्फोसिस फाउंडेशन की चेयरपर्सन हैं। वह अंग्रेजी और कन्नड़ की एक सफल लेखिका हैं। उन्होंने उपन्यास, यात्रा-वृत्तांत, तकनीकी पुस्तकें, लघु कथाओं के संग्रह और नॉन-फिक्शन कहानियाँ एवं बच्चों के लिए बेस्टसेलिंग पुस्तकों सहित 30 से अधिक पुस्तकें लिखी हैं। उनकी पुस्तकों का सभी प्रमुख भारतीय भाषाओं में अनुवाद हुआ है। उन्हें नौ मानद डॉक्टरेट की उपाधियाँ मिल चुकी हैं। सुधा मूर्ति को साहित्य में आर.के. नागयण पुरस्कार (2006), पद्मश्री (2006), कन्नड़ साहित्य में उत्कृष्टता के लिए कर्नाटक सरकार का अत्तिमाबे पुरस्कार (2011), क्रॉसवर्ड बुक अवॉड्र्स द्वारा लाइफटाइम अचीवमेंट पुरस्कार (2018) और वर्ष 2020 में उत्कृष्टता के लिए लाल बहादुर शास्त्री राष्ट्रीय पुरस्कार से नवाजा गया है।

संपादक के बारे में

श्रुतकीर्ति खुराना (या श्रुति) कई फिक्शन, नॉन-फिक्शन और बच्चों की किताबों की एक स्वतंत्र संपादक हैं। वह वर्ष 2011 से सुधा मूर्ति की पुस्तकों की मुख्य संपादक हैं। उनकी पृष्ठभूमि इंजीनियरिंग और व्यवसाय प्रबंधन की है। वह इन्फोसिस फाउंडेशन में कार्यक्रम निदेशक भी हैं। वह अपने परिवार और तीन कुत्तों के साथ बैंगलोर में रहती हैं। उनका काम www.shrutee.in पर देखा जा सकता है।

चित्रकार के बारे में

चेन्नई की रहनेवाली संध्या प्रभात एक स्वतंत्र एनिमेटर और इलस्ट्रेटर हैं, जो अब कैलिफोर्निया, यू.एस.ए. से काम कर रही हैं। उन्होंने एन.वाई. यू. टिस्च स्कूल ऑफ आर्ट्स से एनिमेशन एवं डिजिटल आर्ट्स में मास्टर डिग्री और साहित्य में स्नातक की डिग्री प्राप्त की है। उन्होंने 10 से अधिक प्रकाशित बच्चों की पुस्तकों के लिए चित्रण किया है। वह टी.वी. एवं फिल्मों के लिए एनिमेशन और सोशल मीडिया प्लेटफॉर्म के डिजाइन पर भी काम करती हैं। उनका काम www.sanhyaprabhat.com या http://instagram.com/sanhyaprabhat पर देखा जा सकता है।

□□□